JAMIRI

CARPE NOCTEM

UNICUM EDITION

Jan-Michael Richter (Jamiri): Carpe Noctem
- 1. Auflage 1994 -

Gestaltung: Rolph Schüngeler
Fotografen: Lutz Kühlmann, Sigi Berg
Litho und Belichtung: publishing partner, Bochum
PRINTED IN BELGIUM BY proost INTERNATIONAL BOOK PRODUCTION
ISBN 3-9802688-3-7

VOX JAMIRI
IN UNICUM
"X."
DIE MEISTE ZEIT VERBRACHTE X DAMIT, AUS DEM FENSTER ZU STARREN UND ÜBER DEN SINN DES LEBENS NACHZU-GRÜBELN...
GELEGENTLICH, UND MEISTENS NACH MEHRMALIGEN ERMAHNUNGEN, ERLEDIGTE ER AUCH SEINE PFLICH-TEN: TRIEB HALBHERZIG SEIN STU-DIUM VORAN, VERDIENTE EIN WENIG GELD ODER MACHTE DAS KATZENKLO SAUBER.
ABER DAS INTERESSIERTE IHN ALLES NICHT. LIEBER SASS ER HIER.
DIVERSE UNTERPUNKTE SEINER FRAGESTELLUNG HATTE ER MIT VERMUTUNGEN BELEGT, DIE ER a) "PRAGMATISCHE PRÄMISSEN" NANNTE, UND DIE b) REINER BLÖDSINN WAREN, ES IHM ABER ERMÖGLICHTEN, AUF IHNEN EIN VERSCHACHTELTES KONSTRUKT WEITERER SPEKULATIONEN ZU ER-RICHTEN, DIE UNAUSWEICH-LICH NOCH VIEL GRÖSSERER BLÖDSINN SEIN MUSSTEN.
ER FRAGTE SICH ÜBERDIES, OB DAS DENKEN AN SICH EIN GEEIGNETES MEDIUM WAR, RELEVANTE ERKENNTNIS AUCH NUR ÜBER EIN BRÖTCHEN ZU ERLANGEN. (ABGESEHEN VON DER FRAGE, OB ERKENNTNIS ETWAS WAR, WONACH ZU STREBEN LOHNTE.)
MANCHMAL MUSSTE X SCHON SELBER GRINSEN.
JAMIRI '94 ©

CASH.
Geldautomat
WIEVIEL HEB' ICH AB?.. 50, 100, - 400,- ?

FLUPP
Bitte geben Sie Ihre Geheimnummer ein
****
O.K.
Sie wünschen ?
BLIP BLIP BLIP BLIP
KORREKTUR
KONTOSTAND
BARGELD
3
6
9
BLIP
RS.RS.RSS.
..BLIIP..
Bargeld ???

HAHAHA HIHIHI HOHOHAHAHAHÄHÄHÄ(HUST)HA
JAMIRI '93

WARUM HAT JOCHEN
SO EINEN ERFOLG
BEI FRAUEN?
EL ORIGINAL
Tequila

LEKTORAT: HELGE JEPSEN

JOSE JAMIRI '92

PAPA
VON JAMICKEL
SONNTAGMITTAG. ZU BESUCH BEI MAMA UND UNSEREM HERRN VATER. BEI TISCH.
NA, SÖHNE. WIE GEHT DAS STUDIUM VORAN?

LEKTORAT: HELGE JEPSEN + FRANK "SEX" LUKAS

JAMIRI '93

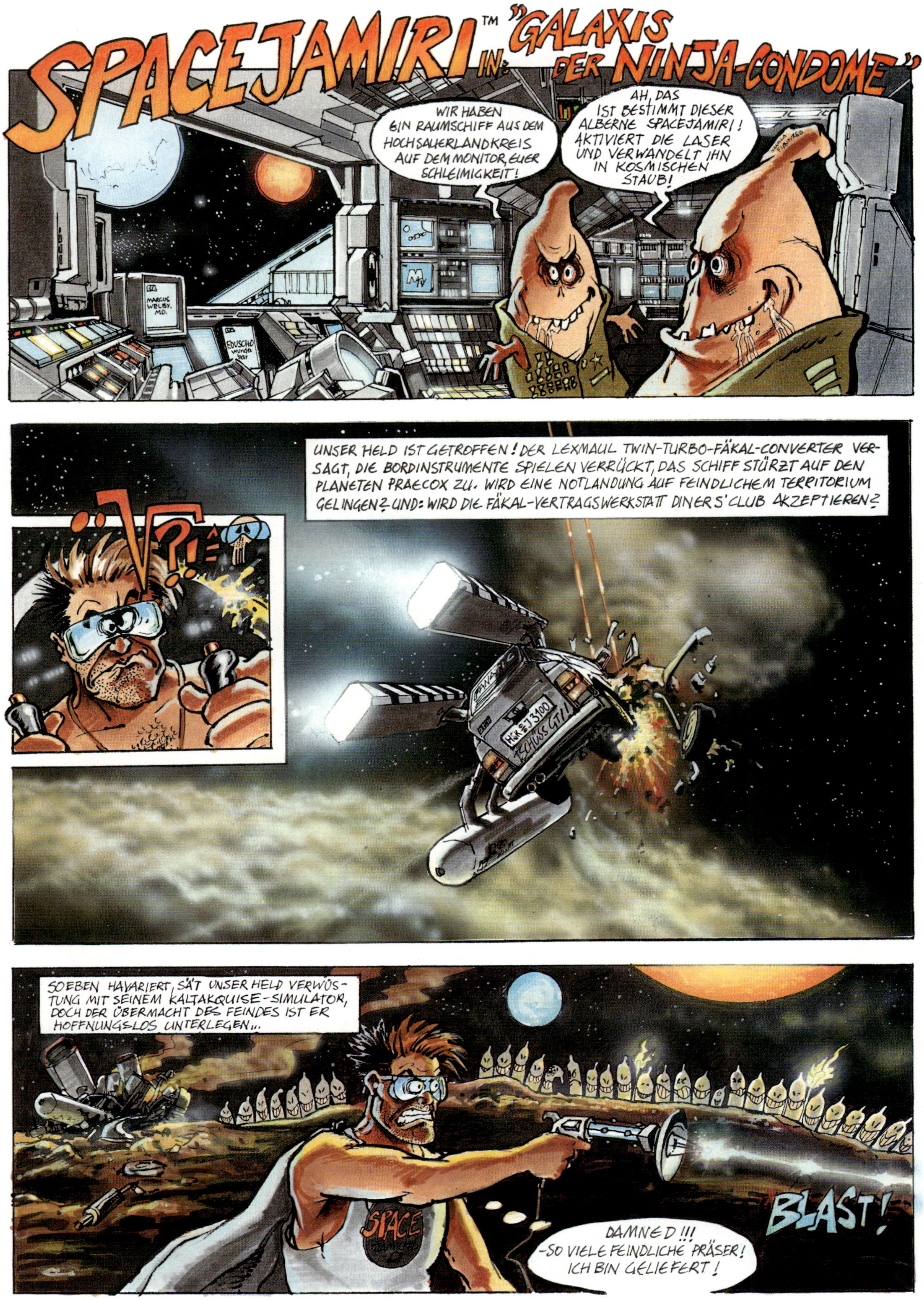
SPACEJAMIRI™ IN: "GALAXIS DER NINJA-CONDOME"
WIR HABEN EIN RAUMSCHIFF AUS DEM HOCHSAUERLANDKREIS AUF DEM MONITOR, EUER SCHLEIMIGKEIT!
AH, DAS IST BESTIMMT DIESER ALBERNE SPACEJAMIRI! AKTIVIERT DIE LASER UND VERWANDELT IHN IN KOSMISCHEN STAUB!
UNSER HELD IST GETROFFEN! DER LEXMAUL TWIN-TURBO-FÄKAL-CONVERTER VERSAGT, DIE BORDINSTRUMENTE SPIELEN VERRÜCKT, DAS SCHIFF STÜRZT AUF DEN PLANETEN PRAECOX ZU. WIRD EINE NOTLANDUNG AUF FEINDLICHEM TERRITORIUM GELINGEN? UND: WIRD DIE FÄKAL-VERTRAGSWERKSTATT DINERS' CLUB AKZEPTIEREN?
SOEBEN HAVARIERT, SÄT UNSER HELD VERWÜSTUNG MIT SEINEM KALTAKQUISE-SIMULATOR, DOCH DER ÜBERMACHT DES FEINDES IST ER HOFFNUNGSLOS UNTERLEGEN...
BLAST!
DAMNED!!! -SO VIELE FEINDLICHE PRÄSER! ICH BIN GELIEFERT!

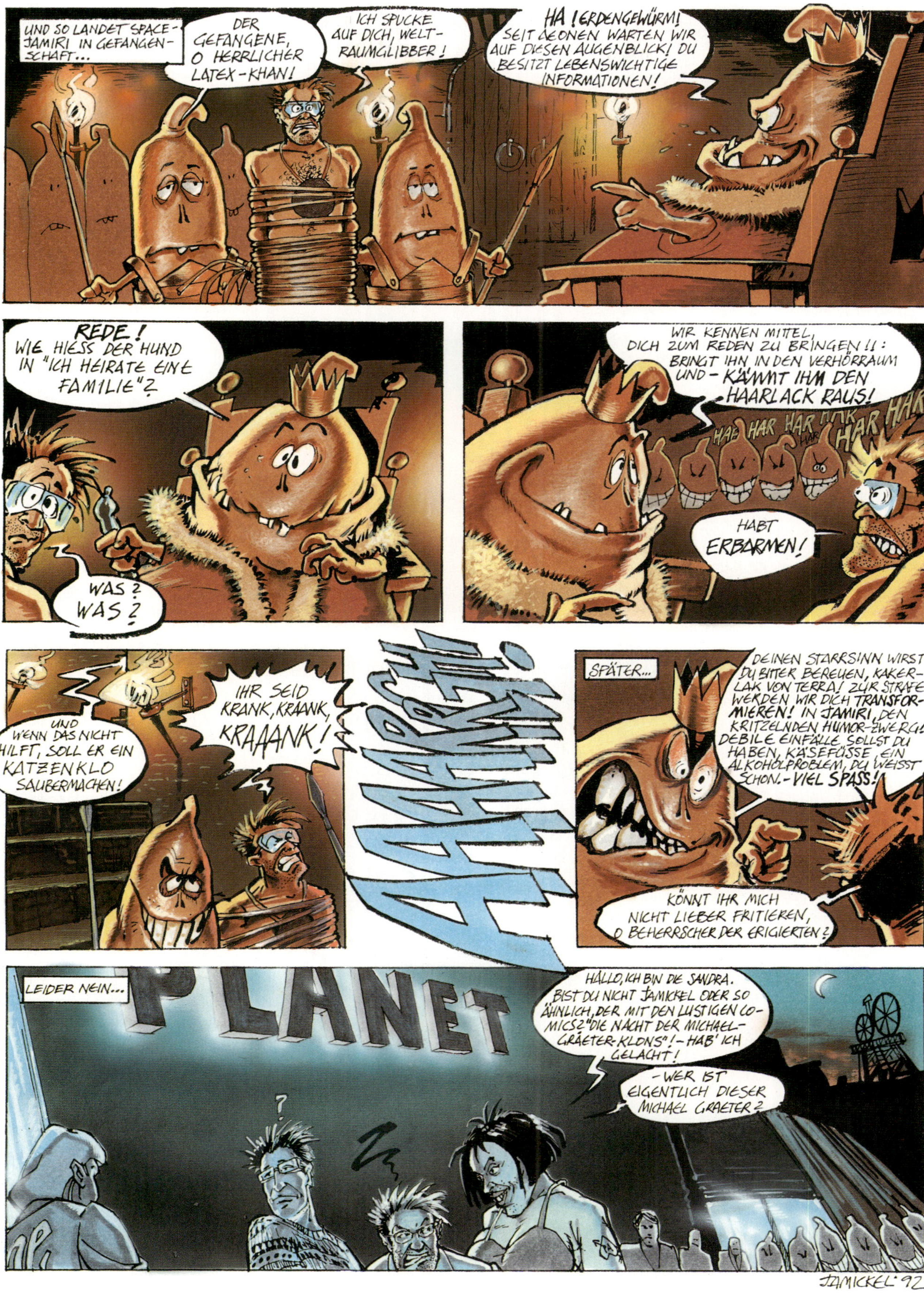

UND SO LANDET SPACE-JAMIRI IN GEFANGENSCHAFT...
DER GEFANGENE, O HERRLICHER LATEX-KHAN!
ICH SPUCKE AUF DICH, WELTRAUMGLIBBER!
HA! ERDENGEWÜRM! SEIT ÄONEN WARTEN WIR AUF DIESEN AUGENBLICK! DU BESITZT LEBENSWICHTIGE INFORMATIONEN!
REDE! WIE HIESS DER HUND IN "ICH HEIRATE EINE FAMILIE"?
WAS? WAS?
WIR KENNEN MITTEL, DICH ZUM REDEN ZU BRINGEN!!: BRINGT IHN IN DEN VERHÖRRAUM UND - KÄMMT IHM DEN HAARLACK RAUS!
HAR HAR HAR HAR HAR HAR HAR
HABT ERBARMEN!
UND WENN DAS NICHT HILFT, SOLL ER EIN KATZENKLO SAUBERMACHEN!
IHR SEID KRANK, KRAANK, KRAAANK!
AAHAARGH!!
SPÄTER...
DEINEN STARRSINN WIRST DU BITTER BEREUEN, KAKERLAK VON TERRA! ZUR STRAFE WERDEN WIR DICH TRANSFORMIEREN! IN JAMIRI, DEN KRITZELNDEN HUMOR-ZWERG! DEBILE EINFÄLLE SOLLST DU HABEN, KÄSEFÜSSE, EIN ALKOHOLPROBLEM, DU WEISST SCHON. - VIEL SPASS!
KÖNNT IHR MICH NICHT LIEBER FRITIEREN, O BEHERRSCHER DER ERIGIERTEN?
LEIDER NEIN...
PLANET
HALLO, ICH BIN DIE SANDRA. BIST DU NICHT JAMICKEL ODER SO ÄHNLICH, DER MIT DEN LUSTIGEN COMICS? "DIE NACHT DER MICHAEL-GRAETER-KLONS"! - HAB' ICH GELACHT!
- WER IST EIGENTLICH DIESER MICHAEL GRAETER?
?
JAMICKEL '92

CO-TEXT-CREDIT: CHRISTIAN SCHELLEWALD

JAMIRI '90

"Y"
VOX JAMIRI
IN UNICUM
MANCHMAL ÜBERFIEL 'Y.' NAGENDER ZWEIFEL. ALS HUMORIST HATTE ER ARGE PROBLEME!
HATTE JEMALS JEMAND ÜBER SEINE SACHEN WIRKLICH GELACHT??
-"DIE NACHT DER MICHAEL-GRAETER-KLONS"... GÄHN!
-"SUPERDEBIL GEGEN DAS MONSTER VOM BALDENEYSEE"... TOTALE SCHEISSE!
-"DER ATOM-UROLOGE IN: HARN DES GRAUENS"... ALLES MIST!
ER WAR SO DEPRIMIERT..
-DABEI HATTE ER ANSCHEINEND MIT "EINKOMMENSTEUERERKLÄRUNG '93" EINEN RICHTIGEN KRACHER GELANDET.
FINANZAMT ESSEN-S
HAHAHAHAHAHAHAHAHAHA
FINANZAMT ESSEN-SÜD
JAMIRI '94
LEKTORAT: LIEBER JEPSEN ALS JAPSEN

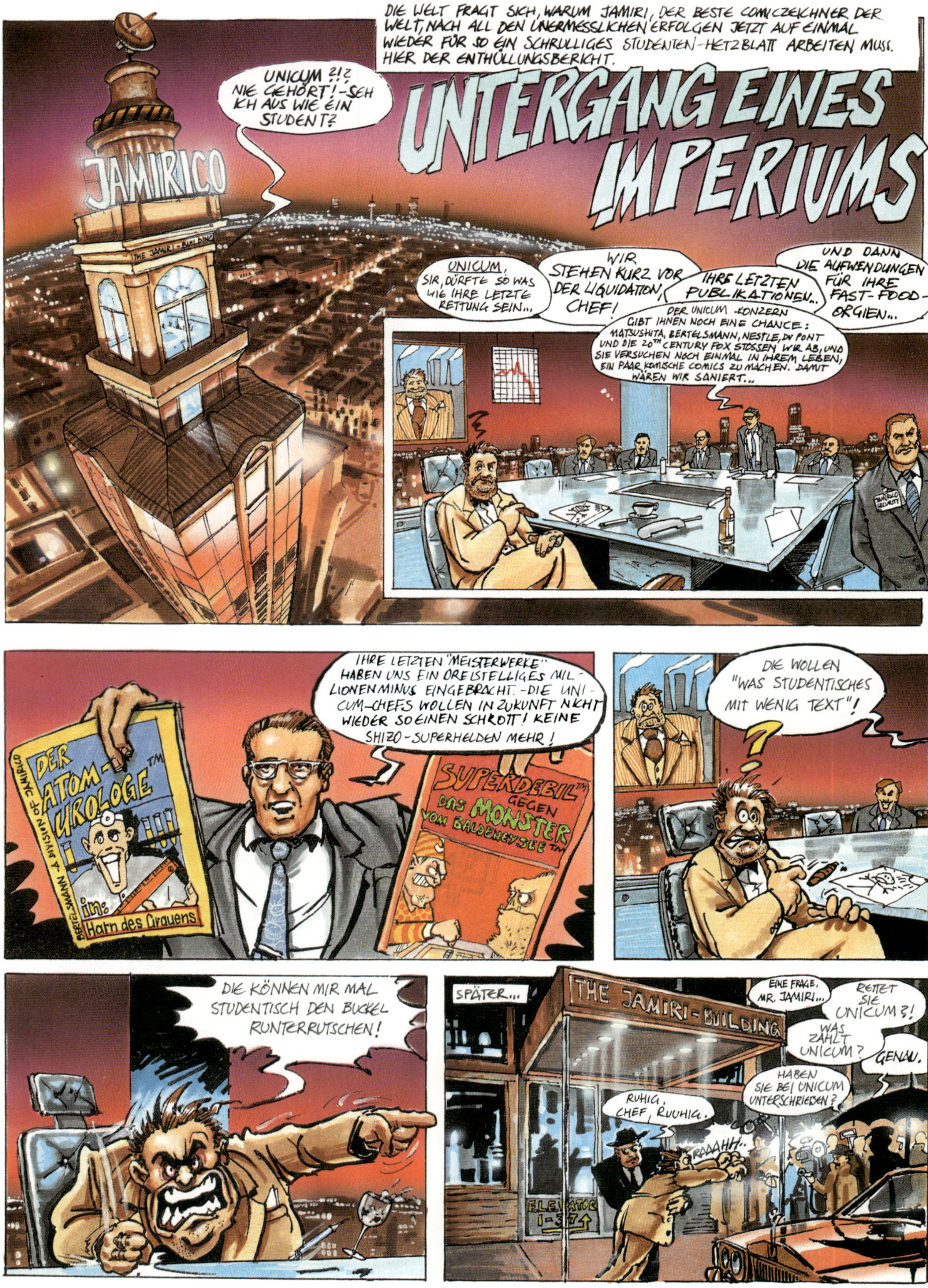
DIE WELT FRAGT SICH, WARUM JAMIRI, DER BESTE COMICZEICHNER DER WELT, NACH ALL DEN UNERMESSLICHEN ERFOLGEN JETZT AUF EINMAL WIEDER FÜR SO EIN SCHRULLIGES STUDENTEN-HETZBLATT ARBEITEN MUSS. HIER DER ENTHÜLLUNGSBERICHT.
UNTERGANG EINES IMPERIUMS
JAMIRICO
THE JAMIRI-BUILDING
UNICUM ?!? NIE GEHÖRT! - SEH ICH AUS WIE EIN STUDENT?
UNICUM, SIR, DÜRFTE SO WAS WIE IHRE LETZTE RETTUNG SEIN...
WIR STEHEN KURZ VOR DER LIQUIDATION, CHEF!
IHRE LETZTEN PUBLIKATIONEN..
UND DANN DIE AUFWENDUNGEN FÜR IHRE FAST-FOOD-ORGIEN...
DER UNICUM-KONZERN GIBT IHNEN NOCH EINE CHANCE: MATSUSHITA, BERTELSMANN, NESTLE, DU PONT UND DIE 20TH CENTURY FOX STOSSEN WIR AB, UND SIE VERSUCHEN NOCH EINMAL IN IHREM LEBEN, EIN PAAR KOMISCHE COMICS ZU MACHEN. DAMIT WÄREN WIR SANIERT...
IHRE LETZTEN "MEISTERWERKE" HABEN UNS EIN DREISTELLIGES MILLIONENMINUS EINGEBRACHT. - DIE UNICUM-CHEFS WOLLEN IN ZUKUNFT NICHT WIEDER SO EINEN SCHROTT! KEINE SHIZO-SUPERHELDEN MEHR!
DER ATOM-UROLOGE™
BERTELSMANN - A DIVISION OF JAMIRICO
in: Harn des Grauens
SUPERDEBIL™ GEGEN DAS MONSTER VOM BALDENEYSEE™
DIE WOLLEN "WAS STUDENTISCHES MIT WENIG TEXT"!
?
DIE KÖNNEN MIR MAL STUDENTISCH DEN BUCKEL RUNTERRUTSCHEN!
SPÄTER...
THE JAMIRI-BUILDING
EINE FRAGE, MR. JAMIRI...
RETTET SIE UNICUM ?!
WAS ZAHLT UNICUM?
GENAU.
HABEN SIE BEI UNICUM UNTERSCHRIEBEN?
RUHIG, CHEF, RUUHIG.
RAAAHH..
ELEVATOR 1-37

MJA...
UNICUM! GRRR..
SIR, SIE HATTEN VERSPROCHEN, IHREN NEFFEN MITZUNEHMEN..
JA, SIE HABEN MICH HEUTE EXMATRIKULIERT! STARK, WAS? DER DEKAN HAT MIR NOCH 'NEN VORTRAG GEHALTEN...
UNI
CIAO, UNI...
DANZIG
UNICUM?
LALÜHLALAHLALÜL
Bild
Jamiri:
Neffe hingemetzelt!
wg. 2 Telefoneinheiten
Jetzt erbt er nichts!
DER SPIEGEL
Medien-Tycoon in Psychiatrie
PRINZ
Fettes Pseudo-genie zeigt wahres Gesicht
!Forbes
Jamiri: PR-Husarenstück
E-TC 666
UNICUM
Mord ohne Diplom
Er ist ein Mistkerl!
COSMOPOLITAN
irre, aber sexy.
stern
Jamiri's Tagebücher entdeckt!
TEMPO
Jamiri: Eiskalt in Schuhen von Armani
Jamiris Nichte nackt
Neffe tot
DAS DRUCKEN DIE NIE!
JAMIRICOLOR '92/94

A 40
vorm. A 430
JAMIRI
15:45h
... AUF DER A40 IN BEIDEN RICHTUNGEN 80 KM STAU! DIE POLIZEI RÄT, DIESE AUTOBAHN WEITRÄUMIG ZU UMFAHREN.
17:00h
Wattenscheid -West Hattingen
EN-CE 869
18:00h
Wattenscheid -West Hattingen
EN-CE 869

19:10h
Wattenscheid -West Hattingen
POLIZEI
MITTWOCH
DEZEMBER
SPÄTER
DIE KLAUSUR MUSS ICH WOHL NACHSCHREIBEN...

JAMIRI '93

THE RETURN OF SPACEJAMIRI
DER WELTRAUM. (UNENDLICHE WEITEN U.S.W.) UNVERZAGT DURCH-
FLIEGT UNSER HELD, DER LANGWEILIGE SPACEJAMIRI, DIE GEFÜRCH-
TETE PRINTMEDIEN-GALAXIS. WIE ÜBLICH, GERÄT ER UNTER
FEINDLICHEN BESCHUSS. EIN TRIEBWERK STEHT IN FLAMMEN,
UND ER STÜRZT AUF EINEN FREMDEN PLANETEN ZU.
EINE VERZWEIFELTE SITUATION! DOCH NUR EIN GEDANKE
BEHERRSCHT DEN STAHLHARTEN RAUMPILOTEN:
TAUSENDE VON LICHTJAHREN ENTFERNT LACKIERTE
DIE V.A.G. OTTO WIEGAND EINEN KOTFLÜGEL
SEINES GRÜN-METALLIC-FARBENEN
GOLF DIESEL.
HOFFENTLICH TREFFEN SIE DEN RICHTIGEN FARBTON!

DIE NOTLANDUNG IST SO HART, DASS UNSER HELD IN EIN KOMA FÄLLT...
... UND BÖSE TRÄUMT...
V.A.G. OTTO WIEGAND
ICH HAB IHNEN VERTRAUT! MEIN SCHÖNER GOLF! DAS BEZAHL' ICH NICHT!
EN-J 831
DAS ERWACHEN IST NOCH BÖSER...
REDE, ERDLING! WAS MEINT DESCARTES MIT DEM SEIENDEN, WAS SOWOHL IN BEZUG AUF GOTT UND DIE ÜBRIGEN GEISTIGEN WESEN, WIE AUCH IN BEZUG AUF DIE KÖRPERLICHE NATUR, WELCHE GEGENSTAND DER REINEN MATHEMATIK IST, BEKANNT SCHEINT?
ICH HAB' WIRKLICH KEINE AHNUNG!
SCHON MAL EIN WENIG ESTRAGON...
ARRIVIDERCI, SPACE JAMIRI
MIT DER WORCESTER-SAUCE WÄRE ICH VORSICHTIG!
MEINEN SIE?
VIELLEICHT LIEBER ERSTMAL NOCH ETWAS MUSCADET?
SIE MÜSSEN ES JA NICHT ESSEN.
IDIOT!!
TAUSENDE VON LICHTJAHREN ENTFERNT:
V.A.G. OTTO WIEGAND
ACH, DAS MERKT DER KUNDE NIE!
EN-J 831
JAMIRI '93

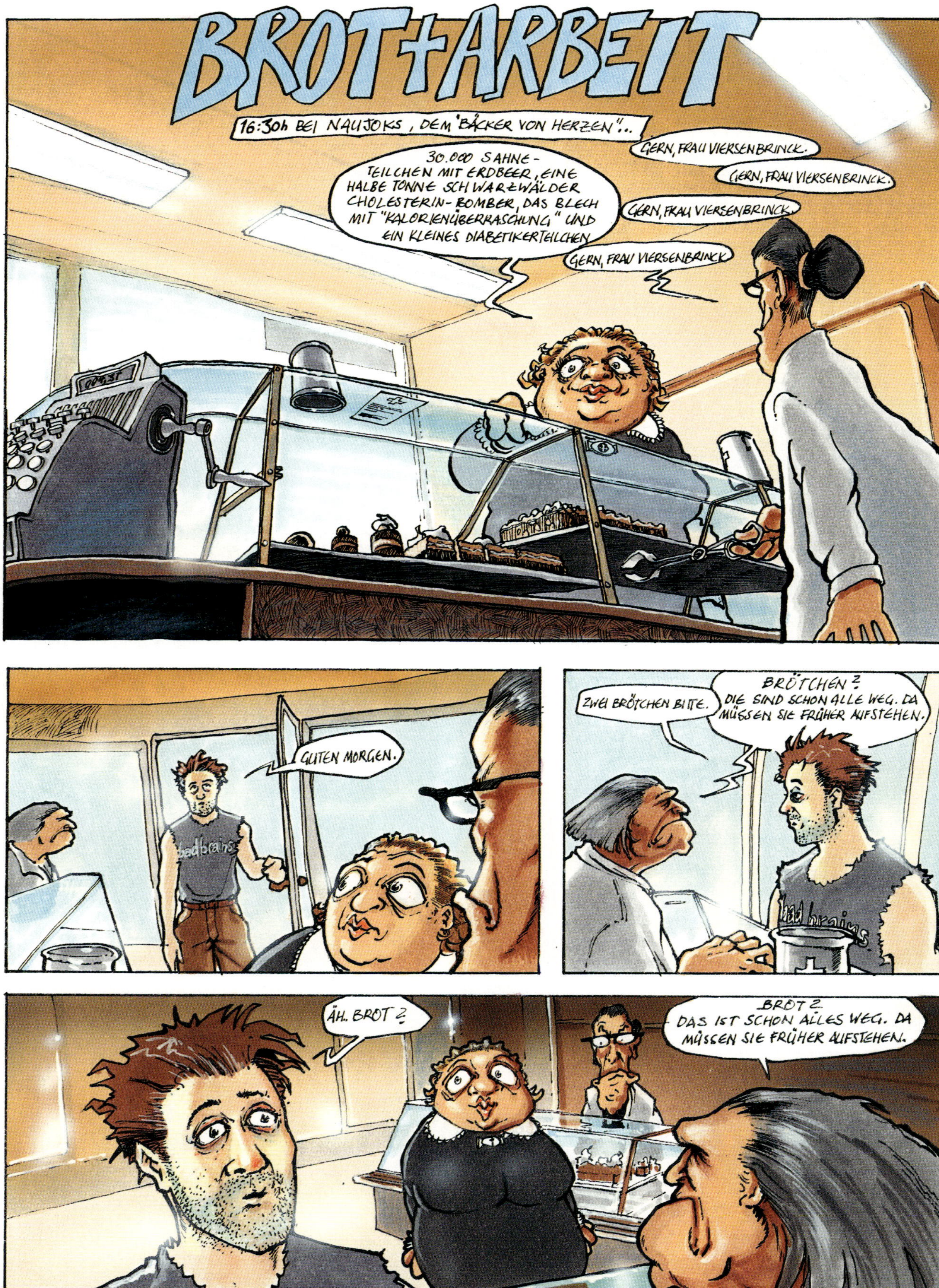

BROT+ARBEIT
16:30h BEI NAUJOKS, DEM "BÄCKER VON HERZEN"..
30.000 SAHNE-TEILCHEN MIT ERDBEER, EINE HALBE TONNE SCHWARZWÄLDER CHOLESTERIN-BOMBER, DAS BLECH MIT "KALORIENÜBERRASCHUNG" UND EIN KLEINES DIABETIKERTEILCHEN
GERN, FRAU VIERSENBRINCK.
GERN, FRAU VIERSENBRINCK.
GERN, FRAU VIERSENBRINCK.
GERN, FRAU VIERSENBRINCK
GUTEN MORGEN.
ZWEI BRÖTCHEN BITTE.
BRÖTCHEN? DIE SIND SCHON ALLE WEG. DA MÜSSEN SIE FRÜHER AUFSTEHEN.
ÄH. BROT?
BROT? DAS IST SCHON ALLES WEG. DA MÜSSEN SIE FRÜHER AUFSTEHEN.

ES GIBT NUR NOCH SAHNETEILCHEN. DAS HABEN SIE DAVON!
SAHNE... TEILCHEN
ALKOHOL, DROGEN, DEN HALBEN TAG VERSCHLAFEN UND NICHTS RICHTIGES ARBEITEN! KEIN WUNDER! DAS HABEN SIE DAVON!
SAHNE TEILCHEN...
WÜRG...
WÜRRG!
OH, SCHÖNER REBELL!
ICH GEB' DIR WAS ZU ARBEITEN!
NIMM MEINE BRÖTCHEN!
KRAATSCH
OH MEIN REBELL! NIMM MEINE QUARKBEUTEL!
AAAAAAHH
ACHTUNG! ES KOMMT WIEDER SO EINER!
WAS WÜRDE NUR OHNE UNS AUS DIESEM LAND?
KONZENTRATION, MEINE DAMEN!
JAMIRI '93

ZOO3000
KASSIERERINNEN, DIE NEU ANGELERNT WERDEN, SIND LANGSAMER ALS DIE ANDERN UND WISSEN NICHT JEDEN PREIS. WIR MÜSSEN NACHSICHTIG MIT IHNEN SEIN. AUCH IN 1000 JAHREN. DER ZEITREISENDE JAMIRI, Z.B., WOLLTE SOMMERS 3000 EIN PAAR TIERE KAUFEN.
FRAU PLATZEK, WAS KOSTET EIN WOMP?
WOP 5,-
13.49
13.49, SCHATZ.
UND WAS KOSTET EIN TURBO-KARNICKEL, FRAU PLATZEK?
EIN TURBO-KARNICKEL, 30.99. UND NENN' MICH GISELA, SCHATZ!

OH, SIE HABEN SICH GEPAART. MAL SEHEN, DAS SIND -1-2-3-4- FRAU PL-GISELA!
WAS KOSTEN 34 TURBOKARNICKEL-WOMPS?
EINS KOSTET 24.30, ALSO (34)24.30, SCHATZ.
DANKE.
CRUNCHCRUNCH
UND WAS KOSTET DAS, GISELA?!
DM 186.65
JAMIRI '93

VOX JAMIRI IN UNICUM
CARPE NOCTEM 5
STETS UM ETWAS WIE TRIVIALLITERARISCHE RELEVANZ BEMÜHT, KREDENZE ICH EUCH HEUTE a) DIESE ERMÜDENDE UND VÖLLIG ÜBERFLÜSSIGE VORREDE UND b) UNVERFÄLSCHTE UND SINNREICHE NONFICTION. SCHAUPLATZ DES EBENSO LANGWEILIGEN WIE ERHELLENDEN DIALOGES IST DER ISENBERGPLATZ IN 45128 ESSEN, 5 UHR FRÜH, VORM CLICK, SEINERSEITS SCHAUPLATZ WAHRER, TIEFEMPFUNDENER - UNWIDERRUFLICHER ABSTÜRZE.
DER MENSCHLICHE GEIST IST DAS INSTRUMENT SEINER EIGENEN FOLTER! SEINE DISPOSITION IST ES, ANALYTISCH NACH OBJEKTIVER WAHRHEIT ZU STREBEN. VERSUCHE MAL, DIE OBJEKTIVE WAHRHEIT ÜBER DEN SINN DES LEBENS HERAUSZUBEKOMMEN. DA KANNST DU NUR AN IRGENDWAS GLAUBEN! DAS QUÄLT MICH! WIE SOLL ICH GLAUBEN?
IST CLAUDIA DIR ABGEHAUEN?
BINGO.
SCHAUTE KURZ VORBEI UND MALTE UNGEFRAGT DRIN RUM: ROLPH SCHÜNGELER
JAMIRI '93

VOX JAMIRI
IN UNICUM
TÜV
TEXTKASTEN a) FÜR HERRN BALDSCHUS .
STUDENTEN SIND MEIST AUCH KFZ-HALTER. OFT FAHREN SIE ALLERDINGS IMPORT-FAHRZEUGE, DIE ZWAR EIN GEWISSES CHARME-PLUS FÜR SICH VERBUCHEN KÖNNEN, SICH ABER ZWISCHENDURCH SCHON MAL IN CHARMANTE IMMOBILIEN VERWANDELN. UND: IM 4-SEMESTER-TAKT SCHWINGT DER TÜV SEIN KALTES DAMOKLESSCHWERT...
TEXTKASTEN b) FÜR HERRN BILLSTEIN.
NEULICH, BEIM TÜV...
?!
AHAHAHAHAHAH
EN CN 864
MRMRMRMPF
STUDENTISCHER KFZ-HALTER
bad brains
HIHIHI...
HIHIHIH
A.AHAHAHAHAH
PLAKETTE, CHEF?
JAMIRI '93

CECIL B. JAMIRI PROUDLY PRESENTS
AGENT JAMICKEL®
JAGT:
MIDAGE MUTANT TERROR
SCHULTE®
MANHATTAN, N.Y.C. EIN BAUGERÜST. NACH JAHRELANGER HETZJAGD HAT AGENT JAMICKEL DEN BRUTALEN ANDROIDEN SCHULTE GESTELLT.
EIN ZWEIKAMPF AUF LEBEN UND TOD ENTBRENNT
B. BZZZZZZ...
DAS GEHEIMDIENST-ASS GERÄT IN BEDRÄNGNIS.
ICH HAB ES ECHT SATT! ÜBERALL FLIEGEN DEINE GEBRAUCHTEN SOKKEN RUM!
?!

...UND AUCH SONST TUST DU NICHTS IM HAUSHALT. UNTERBRICH DIESEN BLÖDSINN DA UND – HILF MIR SPÜLEN! DU KANNST SPÄTER WEITERKRITZELN!
STING
GEREDE BEEINDRUCKT DEN EISKALTEN C.I.A.-PROFI WENIG...
UND DAS KATZENKLO HAST DU AUCH WIEDER NICHT SAUBERGEMACHT. – ICH BIN DOCH NICHT DEINE PUTZFRAU!
SCHNAPP' DIR EIN TROCKENTUCH!
(!)
SPITZENMANN JAMICKEL, IN DIVERSEN TÖDLICHEN NAHKAMPF-ARTEN AUSGEBILDET, WARTET NUR AUF DEN RICHTIGEN MOMENT, UM...
BITTE SCHÖN. WENN DU JETZT NICHT SOFORT DIESE TELLER ABTROCKNEST, KANNST DU'S DIR FÜR 3 WOCHEN SELBST MACHEN. ÜBERLEG'S DIR!
HM.
STRATEGISCH BRILLANT, TROCKNET DER STAHLHARTE TOP-AGENT SCHNELL EIN PAAR TELLER AB.
JAMIRI '93

BRIEFING.
INTERNE PRÄSENTATION BEI DDB, BROT, BUTTER, RANG, SPERRSITZ+WENSAUER
DAS BRIEFING WAR JA KLAR: DER KUNDE WILL FÜR SEIN PRODUKT EIN "MENSCHLICHES" MARKTSEGMENT SCHAFFEN.
UND DAS HAT UNSEREN KREATIVEN DIE AUGEN GEÖFFNET!
DA LIEGT EIN RIESIGER MARKT BRACH! ES SIND DIE ÜBERGEWICHTIGEN MIT SCHLECHTEN JOBS UND SCHLECHTER LAUNE. MENSCHEN WIE DU UND ICH! - VERBRAUCHER, DIE AUF HALBFETT-PRODUKTE UND DAS BESTE IM MANN PFEIFEN UND IHRE GANZE KAUFKRAFT VIELLEICHT BISHER NUR IN ALKA-SELTZER INVESTIERT HABEN. - ADIEU, "FIT+SCHÖN". LASST UNS ENDLICH DAS VOLK ERREICHEN. ZEIT FÜR REALITY-ADVERTISING! DA SIND MILLIONEN DRIN!
DIESE ANZEIGE, MEINE HERREN, MARKIERT DEN NEUEN TREND!
U!
U!
DER KUNDE WIRD UNS DIE FÜSSE KÜSSEN.

Sie sind kurzsichtig, träge und weinerlich?
Dann ist hier der Duft, der zu Ihnen paßt.
MUTTÎ
HOMME
PARFUMS CHOLESTERINE BOTTROP
DDB BROT BUTTER RANG SPEARSITZ & WENSAUER/BBDO
PHOTO: HERB RITS
MUTTÎ
HOMME
"Zum Liebhaben."

DER GROSSE
BUBLITZ
JAMIRI '94
6 TAGE HATTEN WIR MIT DEM URWALD GERUNGEN UND ERREICHTEN NUN ENDLICH SEKTOR D. DIES WAR KEIN SPAZIERGANG.
SEÑOR JAMIRI!
SEKTOR D WAR DER ABSCHNITT, IN DEM SICH DAS GRABMAL DES GROSSEN BUBLITZ LAUT MEINER KARTE BEFINDEN MUSSTE. WIR WAREN JETZT GANZ NAH. DIESER TEIL DES DSCHUNGELS WURDE LAUT DER LEGENDE VON BÖSEN GEISTERN BEHERRSCHT. ...
DAS WAR NATÜRLICH PARANOIDER QUATSCH, UND AUCH MEINE TRÄGER SCHENKTEN SOLCHEN ALTEN MYTHEN KEINERLEI BEACHTUNG.
ICH HAB' HUNGER!
ICH HAB' DURST!
ICH MUSS AUF'S KLO!
SIND WIR GLEICH DA?
VERDAMMTE SISSIES!

SCHLIESSLICH STIESSEN WIR AUF DIE GRABSTÄTTE. ICH WAR FAST AM ZIEL. DOCH DER EINGANG WURDE VOM ANTLITZ EINES DÄMONEN BEWACHT. WELCHE PRÜFUNGEN WÜRDE MIR DER FURCHTBARE WÄCHTER AUFERLEGEN, BEVOR ICH ENDLICH DIE GRUFT DES GROSSEN BUBLITZ BETRETEN DURFTE ?!
PLÖTZLICH ERKANNTE ICH DEN DÄMON: ES WAR MEIN ALTER MATHEMATIK-LEHRER BERO VON SCHILLING. ICH WAR STARR VOR ENTSETZEN. WIE ZUM TEUFEL KAM ER HIERHER? WEITER HINTEN SAH ICH DIE TAFEL...
GUTEN MORGEN. HEUTE SPHÄRISCHE TRIGONOMETRIE!
JAMIRI, KOMMEN SIE AN DIE TAFEL!
AUSGERECHNET SPHÄRISCHE TRIGONOMETRIE! ES WAR WIE IN EINEM ALPTRAUM! WARUM NICHT BIOLOGIE ODER LATEIN? – UND HERR VON SCHILLING KANNTE WIE IMMER KEINE GNADE.
DENKEN SIE NACH!
WAS WIRD IHR VATER SAGEN?
WAS IST MIT lg cos α? DENKEN SIE DOCH NACH!
WAS HABEN WIR ÜBER DAS VERHALTEN VON lg sinα ZWISCHEN 0 UND 90° GELERNT?
IDIOT!
IDIOT!
IDIOT!
IDIOT!
JETZT BLOSS NICHT HEULEN!

JAMIRI '94

SPACEJAMIRI 3
STARRING: JAMIRI
: TV-MISSION
O.
UND WIEDER EREILT UNSEREN HELDEN, DEN BELIEBTEN SPACEJAMIRI, DAS SCHICKSAL, DAS IHN IN JEDER HEITEREN SPACE-EPISODE EREILT: ER WIRD VOM FEIND GETROFFEN UND STÜRZT AB! (ANDEREN AUTOREN, NEBENBEI, WERDEN SOLCHE RUNNING GAGS MIT REICHTUM+RUHM GEDANKT!) WIE IMMER STÜRZT UNSER PROTAGONIST AUF EINE FEINDLICHE WELT. (DTO.)
ES IST DER PLANET KÜHLMANN*. WAS FÜR UNAUSSPRECHLICHE GEFAHREN LAUERN HIER AUF DEN WEITEN MEEREN KÜHLMANN'S? WIE WIRD SPACEJAMIRI, DER PROMINENTE RAUMFAHRER, SICH DIESMAL AUS DER AFFÄRE ZIEHEN? WIRD ER WIEDER SPACEJAMIRI-HANDPUPPEN UNTER DEN EINGEBORENEN VERTEILEN, DIE SIE GENAUSOGUT BEI TOYS'Я'US KAUFEN KÖNNTEN? (BEST-NR.: 0017422)
GALEE'E VO'AUS!
*BENANNT NACH SEINEM ENTDECKER, DEM BEKANNTEN WERBEPAPST LUTZ A. KÜHLMANN.
SPLASH
ET JUVENES NIHIL NOVUM CRESCENT!
ES IST NU' VI'TUELL. - 'EIN VI'TUELL!
ENTZÜCKEND.
AUFGRUND URHEBERRECHTLICHER NICKELIGKEIT DES EHAPA-VERLAGES STEIGT PLÖTZLICH DICHTER NEBEL AUF.

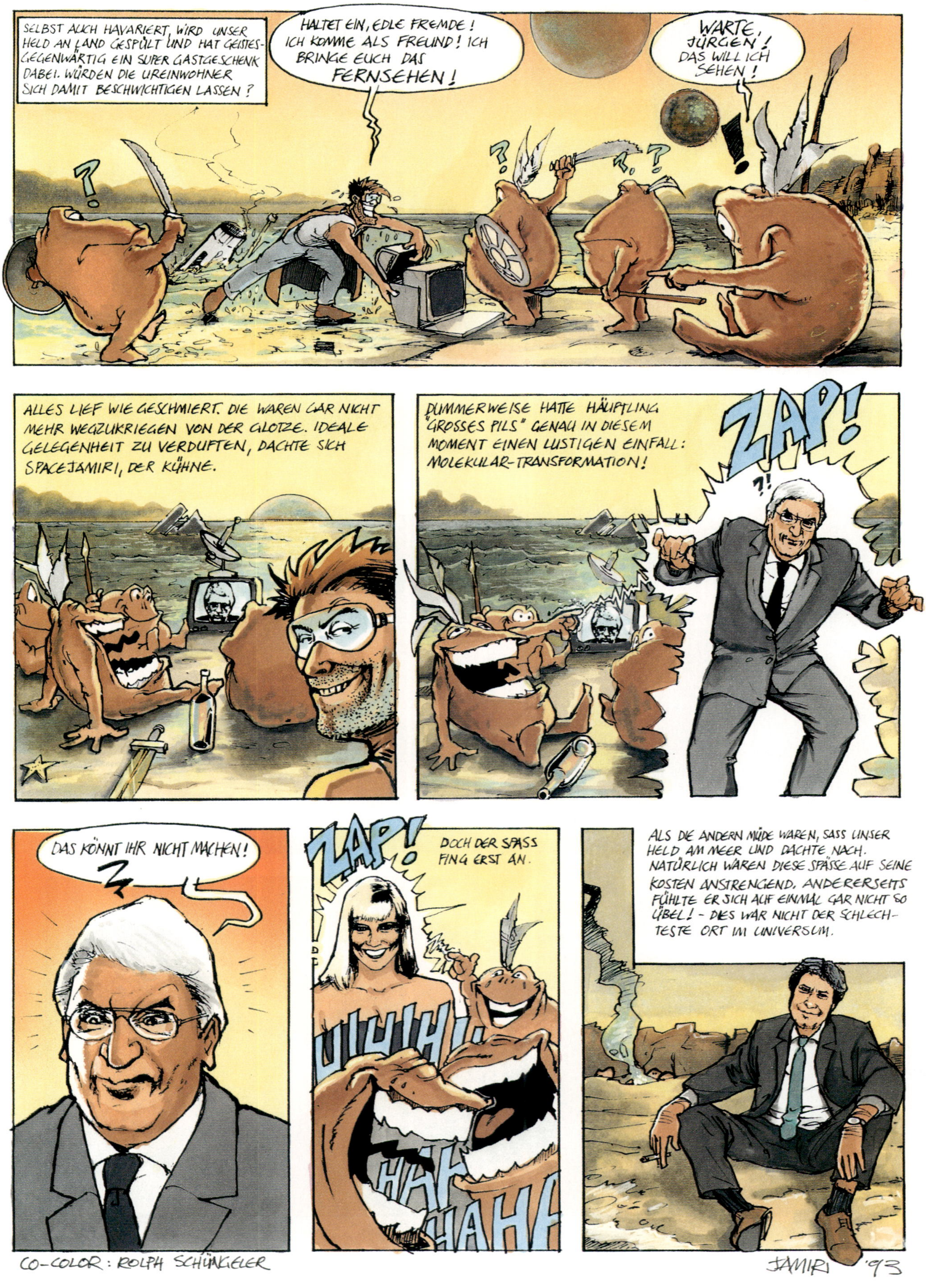

CO-COLOR: ROLPH SCHÜNGELER

JAMIRI '93

TAXI
NON-FICTION
JAMIRI '94
NACH HAUS.
TAXI

IST DIR SCHLECHT, HASE ?!
!

MIRSSOSCHLECHT
ICHGLAUBICHMUSSKOTZN
JÖÖAARRG
TAXI
UAÄRGH...
HEY!
IHR WART BEIM CHINESEN!
JAMIRI '94

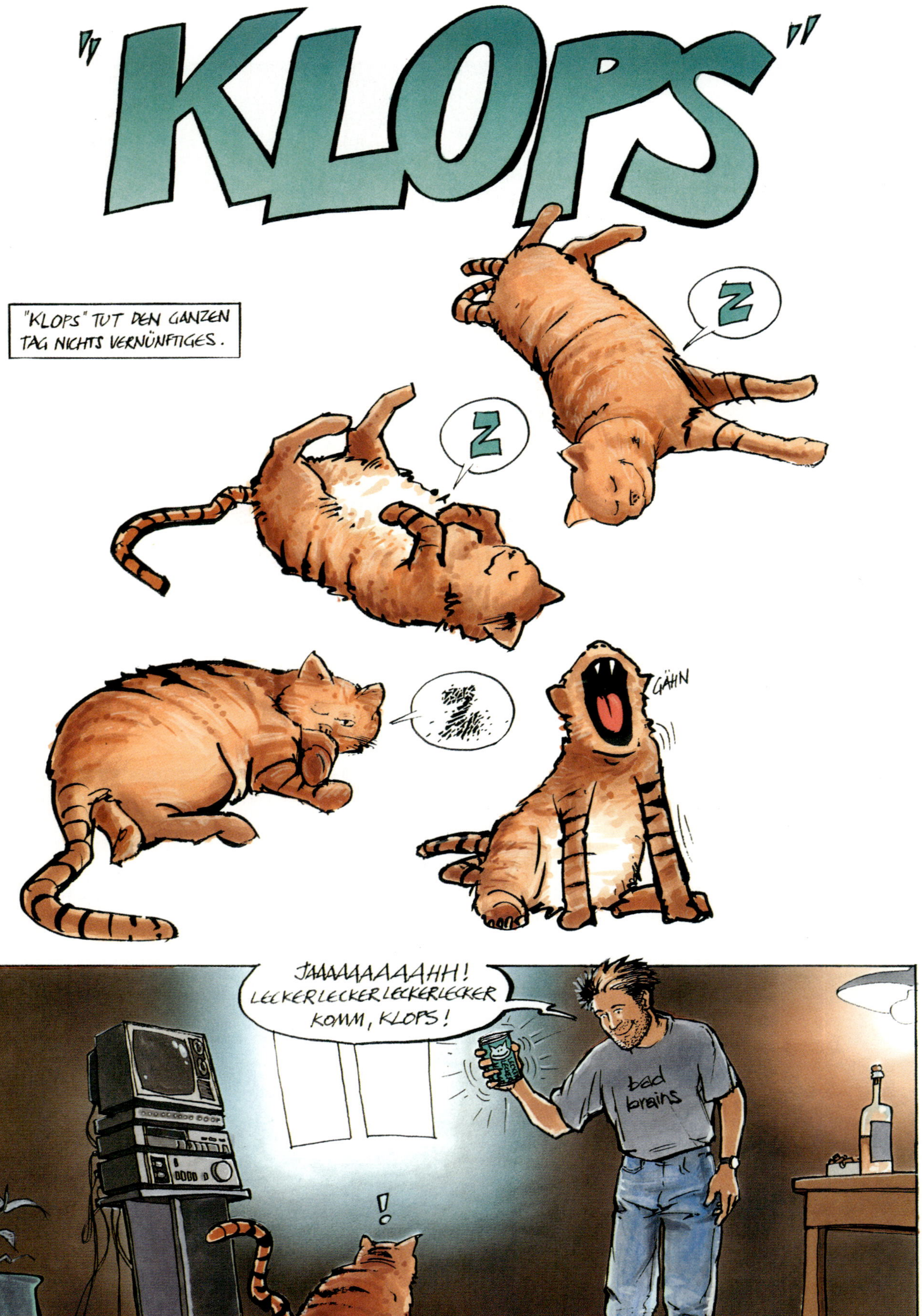
"KLOPS"
"KLOPS" TUT DEN GANZEN TAG NICHTS VERNÜNFTIGES.
Z
Z
GÄHN
JAAAAAAAAAHH! LECKERLECKERLECKERLECKER KOMM, KLOPS!
!
bad brains

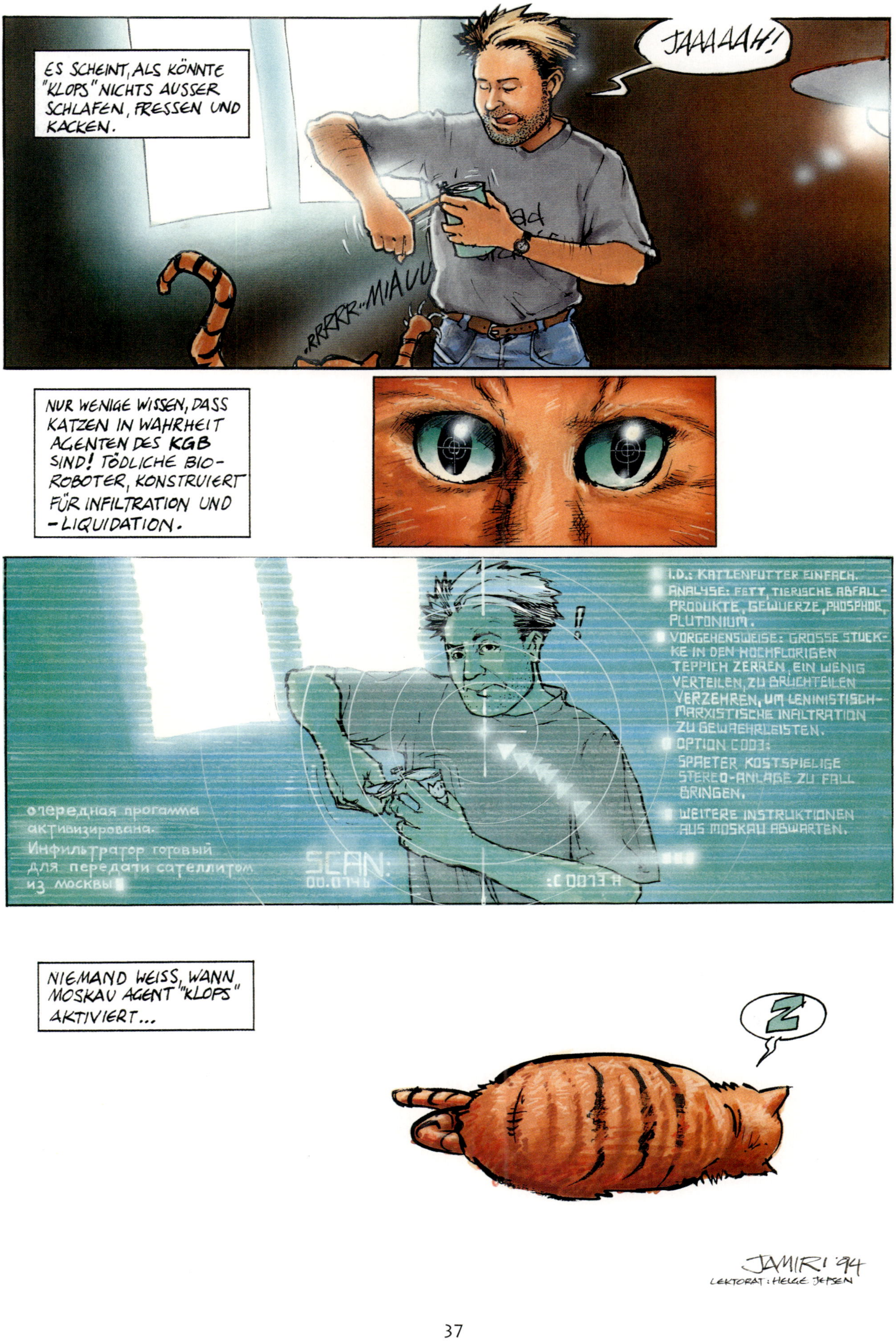
ES SCHEINT, ALS KÖNNTE "KLOPS" NICHTS AUSSER SCHLAFEN, FRESSEN UND KACKEN.
JAAAAAH!
RRRRR-MIAUU
NUR WENIGE WISSEN, DASS KATZEN IN WAHRHEIT AGENTEN DES KGB SIND! TÖDLICHE BIO-ROBOTER, KONSTRUIERT FÜR INFILTRATION UND -LIQUIDATION.
I.D.: KATZENFUTTER EINFACH.
ANALYSE: FETT, TIERISCHE ABFALL-PRODUKTE, GEWUERZE, PHOSPHOR, PLUTONIUM.
VORGEHENSWEISE: GROSSE STUEK-KE IN DEN HOCHFLORIGEN TEPPICH ZERREN, EIN WENIG VERTEILEN, ZU BRUCHTEILEN VERZEHREN, UM LENINISTISCH-MARXISTISCHE INALTRATION ZU GEWAEHRLEISTEN.
OPTION C003:
SPAETER KOSTSPIELIGE STEREO-ANLAGE ZU FALL BRINGEN.
WEITERE INSTRUKTIONEN AUS MOSKAU ABWARTEN.
очередная программа активизирована.
Инфильтратор готовый для передати сателлитом из москвы
SCAN:
NIEMAND WEISS, WANN MOSKAU AGENT "KLOPS" AKTIVIERT...
Z
JAMIRI '94
LEKTORAT: HELGE JEPSEN

ANJA
JAMIRI
X
RATED
PARENTS STRONGLY CAUTIONED
WARNING
CONTAINS LANGUAGE
THAT MAY OFFEND
7243 8 92106(75)(44)(20)
a tequila a day keeps the doctor away
EL

JOSE CUERVO
Tequila
FOTZE!
JAMIRI '93

VOX JAMIRI
IN UNICUM
WIR WERDEN ALLE ÄLTER. DIE WILDEN SEMESTER SIND VORBEI, DIE ZEITEN, WO WIR SICHER WUSSTEN, WAS HIP IST, SIND AUCH VORBEI. BIOHAZARD Z.B. KENNEN WIR ENTWEDER NICHT ODER FINDEN SIE UNERTRÄGLICH. – NACHTS UM 4 ODER 5, WENN WIR FRÜHER IN REBELLISCHEN ZIRKELN AN NACHTTANKEN HERUMHINGEN UND IRGENDWIE HOFFTEN, DIE WAHRHEIT WÜRDE KURZ VORBEISCHAUEN, LIEGEN WIR HEUTE IM BETT UND HOFFEN ALLENFALLS, EIN INTERNIST WÜRDE KURZ VORBEISCHAUEN. HEUTE REBELLIEREN WIR MEISTENS GEGEN DINGE, DIE WIR LAUT ALS "EPIGONALEN MIST" ABTUN, ETWA, WENN WIR FESTSTELLEN MÜSSEN, DASS AUF EINMAL EIN BLUTLEERER STATIST NAMENS LA FORGE AUF SCOTTIES PLATZ SITZT UND DIE LEUTE HOCHBEAMEN DARF. AUSSERDEM SIND WIR IMMER NOCH DER MEINUNG, DIE KLINGONEN SEIEN FEINDE DER FÖDERATION. – UND BEVOR DU AUCH NUR AHNST, WAS MIT DIR GESCHEHEN IST, KOMMT ES, ES HOLT DICH, ES ERWISCHT DICH IN FLAGRANTI, WÄHREND DU GERADE EINE CD VON CURTIS STIGERS HÖRST, LEGT ES SEINE KALTE, SCHLEIMIGE HAND AUF DEINE SCHULTER:
DAS MAINSTREAMMONSTER
YO!
DREI FRAGEN: 1.: WIE HIESS DER HUND IN "ICH HEIRATE EINE FAMILIE"? 2.: SIND DIE KLINGONEN FEINDE DER FÖDERATION? UND 3.: FÜR WELCHE CHIRURGISCHEN EINGRIFFE AN BARBARA ELIGMANN WÜRDEN SIE PLÄDIEREN? SIE KÖNNEN EINEN OPEL CORSA GEWINNEN.
BEANTWORTE KEINE DIESER FRAGEN! UM DAS MONSTER ZU EXORZIEREN, ZEIGE IHM DINGE VON ZEITLOSEM BESTAND, DEREN GÜLTIGKEIT FORTBESTEHT ABSEITS DES MAINSTREAM, DA GEWISSERMASSEN AUSSERHALB DES RAUM-ZEIT-KONTINUUMS! SCOTTIE, Z.B., GEHÖRT EIGENTLICH AUCH IN DIESE KATEGORIE, WORÜBER AUCH VOLLIDIOTEN WIE MR. LA FORGE NICHT HINWEGTÄUSCHEN KÖNNEN. WENN DU KEINE WORCESTERSAUCE VON LEA+PERRINS IM HAUS HAST, ZEIGE IHM ZUERST:
TOMATEN-KETCHUP VON HEINZ
UI.
EINEN NAVY-BLAZER
EINEN ITALIENISCHEN KLEINWAGEN
ALTZ LOGO. UNO.
EINEN JAPANER
KÖRRE ARAAF!
ALFRED BRENDEL SPIELT BEETHOVEN
NICHT DAS!
– EIN COMIC VON: JAMIRI
NEIII'N.
AAAAAAAAAAAAAAHHH
BUMM.
NOCH EIN COMIC VON JAMIRI (ODER WAHLWEISE EIN PHOTO VON RUDOLF STEINER)
DER GRÜNE PUNKT
JAMIRI
9.93

SPACE JAMIRI in "DAS SCHWARZE LOCH"
STARRING: JAMIRI '94
UNSER HELD, DER BELIEBTE, MÄSSIG ORIGINELLE SPACE JAMIRI, STIESS NEULICH AM RANDE ALLER GALAXIEN AUF EINES DER LETZTEN RÄTSELHAFTEN PHÄNOMENE IM UNIVERSUM: EIN ALLES VERSCHLINGENDES SCHWARZES LOCH!
ER SPÜRTE DIE FURCHTBARE GRAVITATION. SEIN SCHIFF WURDE HINEINGESOGEN!! NUN GAB ES KEIN ZURÜCK MEHR!
ALS ERSTER MENSCH WÜRDE ER EIN SCHWARZES LOCH DURCHFLIEGEN! WAS WAR AM ANDEREN ENDE? - DIE ANTWORT AUF ALLE FRAGEN?
DAS NIRVANA?
GOTT?
SPROCKHÖVEL?
Sprockhövel
JAMIRI '94
LEKTORAT: CHUZPE JEPSEN

SEX
IN BED WITH JAMIRI
Harald
Harald
Harald
WOLLEN WIR MIT-
EINANDER SCHLAFEN,
SCHATZ ?

CO-COLOR: CHRISTIAN SCHELLEWALD · LEKTORAT-HOTLINE: HELGE JEPSEN · KOPIER-SERVICE: ROLPH SCHÜNGELER

JAMIRI_94

SPACEJAMIRI™ in "STRINGS"
VOX JAMIRI IN UNICUM
DEM DRUCK DER ÖFFENTLICHKEIT NACHGEBEND, SCHIEBT UNSER AUTOR, DER ÜBERSCHÄTZTE, ANÄMISCHE JAMIRI, HEUTE SCHNELL NOCH EINE WEITERE, PENETRANTE EPISODE SEINES FURCHTLOSEN, ANÄMISCHEN HELDEN SPACEJAMIRI NACH.
ALSO: AUCH IN DIESER SCHWÄCHEREN FORTSETZUNG STIESS DER POPULÄRE RAUMFAHRER SPANNENDERWEISE AUF EIN GEFÄHRLICHES, RÄTSELHAFTES PHÄNOMEN.
NÄMLICH AUF DIE "STRINGS", DAS TOR DURCH DIE ZEIT! DIE TÜR IN EIN PARALLELUNIVERSUM! DORT KONNTE MAN NEU BEGINNEN, VON ANFANG AN ALLES BESSER MACHEN!
UNSER HELD FLOG SELBSTREDEND HINEIN!
FLUPP!
EIN PARALLELUNIVERSUM, 1982. EINE TESTSTRECKE BEI TURIN. HIER SCHIEN GOTT SICH NOCH UM ALLES PERSÖNLICH ZU KÜMMERN...
... UND DIE SCHALTUNG IST JA WOHL EIN SCHERZ, LUIGI! ÄNDERN SIE DAS!!!
JAMIRI '94

HEUTE AUS JAMIRI'S SCHWARZER SERIE:
B24
ER BRAUCHTE DAS GELD, DAS BAFÖG HATTE WIEDER NICHT GEREICHT. ER KANNTE DAS RISIKO. ABER IHN WÜRDE ES NIE ERWISCHEN, HATTE ER GEDACHT...
JETZT IST ER DRAN! HAR HAR HAR HAR HAR HAR HA HAR HAR H
CA. DTO. HAR HAR HAR
GLEICH HABEN WIR IHN, CHEF! ER IST DIREKT VOR UNS.
TAKAKAKAKAKAKAKAKAKAKAKAKAKAK
Aarrgh!
VERDAMMT! SCHON WIEDER PEPPERONI!!
HM. FRUTTI DI MARE. SIE HASSEN FISCH, NICHT WAHR, CHEF?
Pizza Taxi
Pizza
BO-XL-51
Hello Pizza
COTEXT CHRISTIAN SCHELLEWALD
JAMIRI 92/93

VOX JAMIRI IN UNICUM
TANTINI
EINE VORWEIHNACHTSGESCHICHTE
DIEJENIGEN VON UNS, DIE AN DER UNI GHS ESSEN EIN FACH STUDIEREN, DESSEN STUDIENORDNUNG LEISTUNGSNACHWEISE IN KUNSTWISSENSCHAFT VERLANGT, KENNEN SIE: DIE HOCHINTERESSANTEN, HALBDUNKLEN LICHTBILD-VORLESUNGEN DES FRAGLOS BRILLANTEN, GELEGENTLICH VIELLEICHT ETWAS AUSSCHWEIFENDEN KUNSTHISTORIKERS "ROLLKRAGEN"-TANTINI. CLUNY 3 SAG ICH NUR! UMGEBEN VON ZITTRIGEN GASTHÖRER-GREISEN, DIE, (ANSCHEINEND IN EINER ART KOLLEKTIVEM ALZHEIMER-SELBSTVERSUCH), IN DIESEN VERANSTALTUNGEN GUT 130% DER SITZPLÄTZE BEANSPRUCHEN, LASSEN WIR WOCHE FÜR WOCHE BRISANTE STILKOMPARATISTIK VON SAKRALBAUTEN ÜBER UNS ERGEHEN – UND WÜNSCHEN UNS DIE GANZE ZEIT, EIN KONZERTFLÜGEL FIELE VOM HIMMEL UND WÜRDE DEN SAKRALBAUTEN, DER STILKOMPARATISTIK, ODER WENIGSTENS DEN ZITTRIGEN GASTHÖRERN DEN GARAUS MACHEN.
ZU DIESEM BILD FÄLLT MIR EINE KLEINE GESCHICHTE EIN.
TANTINI 9.11.93
MARVEL PRESENTS: SUPERSENIL GEGEN CPT. CHOLEST
IM ADVENT WURDE UNS NACH GESCHLAGENEN ANDERTHALB STUNDEN EINE KLEINE GNADE ZUTEIL: GOTT MATERIALISIERTE SICH VOR DEM DIA DES STRASSBURGER MÜNSTERS!
TANTINI!
JA, O HERR?
ZISCHH.
IS HALB VIER! MACH' FEIERABEND!
BITTE SCHÖN, HERR BALDSCHUS: ENDLICH WAS "STUDENTISCHES". VERZEIHUNG, HERR BILLSTEIN: SCHON WIEDER VIEL TEXT!
JAMIRI '93

"SIE MACHEN IMMER DAS GLEICHE, RICHTER", KRITTELTE NEULICH MEIN VERLEGER HERUM, "EWIG SITZEN IRGEND-WELCHE TYPEN DA, TRINKEN BIER UND REDEN ÜBER DAS LEBEN! - FINDEN SIE DAS GUT?!" "KEINE AHNUNG!" ENTGEGNETE ICH MIT SCHRILLER STIMME; "DAS VERSTEHEN SIE NICHT! ICH BIN CHRONIST! - ES IST JEDESMAL ANDERS!" "NMH...", ÜBERLEGTE ER; DANN WAR EIN DR. STREHLKE AUF LEITUNG ZWEI.
DRAUSSEN IM FLUR KIPPTE ICH ELF TOPFPFLANZEN AUF DEN TEPPICH.
CARPE NOCTEM 28
VOX JAMIRI IN UNICUM
AH, STERNKLARER HIMMEL! UNENDLICHE WEITEN. SPÜRST DU, WIE DAS UNIVERSUM UNS RUFT?! LOSGELÖST VON UNSERER KÖRPERLICHEN HÜLLE, BEFREIT VON EITLEM ICH-BEWUSSTSEIN WERDEN WIR EINST SEIN; IMMANENTER TEIL DES GROSSEN GEDANKENS, NUR EIN PARTIKEL UND ZUGLEICH DAS PRINZIP DER IDEE! ENDLICH WISSEN, WAS WAHR IST!! DA KANN EINEM DAS WARTEN SCHON GANZ SCHÖN LANG WERDEN...
PLANET
IM GRUNDE IST ES JEDEN MORGEN AUFS NEUE DIE ENTSCHEIDUNG, OB MAN LIEBER AUS DEM FENSTER SPRINGT ODER HERINGSSALAT AUF SEIN BRÖTCHEN SCHMIERT...
PLANET
...ODER FRISCHKÄSE UND KIRSCHKONFITÜRE!
JAMIRI-94

Photo: Sigi Berg

JAMIRI, *bürgerlich Jan-Michael Richter, geboren 1966 in Hattingen, studiert bis dato Kommunikations-Design an der Uni-GH-Essen. Arbeitet für Werbeagenturen und Zeitschriften. Seit 1988 Comics in diversen Publikationen, seit Mitte '93 auch in UNICUM, dem Hochschulmagazin.*